KB237417

칼

국립중앙도서관 출판시도서목록(CIP)

칼 / 객토문학 동인 [편]. -- 서울 : 갈무리, 2006
 p. ; cm. -- (〈객토문학〉 동인 ; 제5집) (마이노리티시선 ; 23)

ISBN   89-86114-90-9 04810 : ₩6000
ISBN   89-86114-26-7(세트)

811.6-KDC4
895.715-DDC21   CIP20060013

마이노리티시선 23

칼

지은이 객토문학 동인
펴낸이 장민성, 조정환
책임운영 신은주 편집부 오정민 마케팅 정현수
용지 화인페이퍼 인쇄·제본 한영문화사
펴낸곳 도서출판 갈무리 등록일 1994. 3. 3. 등록번호 제17-0161호
초판인쇄 2006년 7월 7일 초판발행 2006년 7월 22일

주소 서울 마포구 서교동 375-13호 성지빌딩 101호
전화 02-325-1485 팩스 02-325-1407
website http://galmuri.co.kr e-mail galmuri@galmuri.co.kr

ISBN   89-86114-90-9 04810 / 89-86114-26-7 (세트)

값 6,000원

★ 잘못 만들어진 책은 바꾸어 드립니다.

이 시집은 경상남도 문예진흥기금 일부를 지원받아 출간되었습니다.

칼

객토문학 동인 제5집

갈무리

5집을 내며

2년만에 5집을 낸다.

굳이 이유를 설명한다면 창작을 바탕으로 하는 실천적 조건들이 눈 깜작할 사이에 나타났다 사라지는 첨단 사회 환경을 내적 역량이 따라가지 못하는 탓이라고 해야겠다. 결국은 변명이다.

고민은 늘 가까이 있지만, 한 고민이 다음 고민의 처음으로 되돌아 와 사실 당황스럽다.

지난 2년간 고민은 언제나 현실이라는 벽에 발목을 잡혔다 내 밥그릇과 직결되는 공장 담을 나는 기꺼이 넘을 수 있는가? 외국산 쌀이 내 아침 밥상에 당당히 올라앉는 현실 앞에 숨조차 제대로 쉴 수 없는 내 조국의 허리가 좀 느슨해 졌는가를 묻기 전에 이름만 우리 땅일 뿐 빼앗기기 일보직전의 독도의 문제는 또 어떤가.

이렇게 물어놓고 보면 사실 조국은 전혀 편안하지 않다 그런데도 그래 도대체 우리가 무엇을 할 수 있단 말인가 이것은 자조(自嘲)가 아니라 탄식(歎息)이다 절박함이다.

이런 절박함을 문학이라는 장치를 통해서나마 함께 공유하고 늘리 알려내는 일이 바로 우리가 할 일이라는 사실을 너무나 잘 알고 있다.

지난 2003년 자본의 횡포에 맞서 불꽃으로 산화해 가신 배달호 노동열사 추모 기획시집을 시작으로 이라크에 대한 미국의 침략전쟁 반대와 평화를 바라는 간절함을 담은 기획시를 선보인바 있다. 올해 역시 한반도를 둘러싼 제국주의의 망령 앞에 평화의 깃대를 세우는 심정으로 기획시를 선보인다. 이런 의미에서 제1부를 '팔만대장경'이라는 주제로 묶었다.

침략자의 손에 조국의 운명이 경각에 달렸어도 오직 평화를 염원했던 조상의 숨결을 오늘 날에 반드시 되살려 내야겠다.

2006년 6월
객토문학동인

차례

5집을 내며

제1부 칼끝으로 새긴 간절함

문영규

13   팔만대장경
15   팔만대장경

배재운

18   장경각
20   다시 대장경을 새겨야 할 때

이규석

22   팔만대장경
24   바람

이상호

26   장경각 앞에서

사진 찍을 수 없었다   28

정은호

칼   30
보초를 선다   32

표성배

GAME OVER   33
없다   41

제2부 다시 길을 나서며

문영규

장마   47
로또 복권   49
미션 임파서블   50
지리산   51
눈 내리는 저녁   53
손 흔들어 주기   55

57 보일러

58 독도여

배재운

63 외딴섬

65 덕담

66 봄꿈

67 일기예보

68 한밤에 우는 매미

69 옛 말

70 신호등

71 살기

이규석

75 고집

76 일거리를 두고

77 나무를 심으며

79 비오는 날

81 낚시

공단거리에서　82

늦가을에　83

독도　85

이상호

질긴 어둠　89

그림자에게　90

우산을 접는다　91

내 자리　93

익숙한 밤　94

통근버스를 보며　95

배추꽃이 피었습니다　96

얼굴　97

정은호

맥을 못 춘다　101

사생아　103

아버지 말씀　104

아내　106

복권　107

108　　선풍기

109　　도미노

110　　일방적이다

표성배

115　　봄도 이제는

116　　햇볕이 너무 좋아

118　　열두 시와 한 시 사이

120　　가을이 기울어 졌다

122　　겨울이 오기 전에

124　　바람 한 점 없다

126　　편지

128　　한 번쯤

129　　**해설**　객토동인과 노동시의 성취　성기각(시인)

제1부

칼끝으로 새긴 간절함

문영규
팔만대장경
팔만대장경

배재운
장경각
다시 대장경을 새겨야 할 때

이규석
팔만대장경
바람

이상호
장경각 앞에서
사진 찍을 수 없었다

정은호
칼
보초를 선다

표성배
GAME OVER
없다

팔만대장경

먼 옛적
고려의 하늘
그때 그 사람들
이민족에게 침략당해
아내와 딸아이
손목 묶여 맨발로 끌려가고
집은 불타고
가축은 도살당하고
아! 온땅에깔린
살벌함을 몰아내고자
기어코 몰아내고자
마침내 예리한 칼을 들었나니

칼을 들어 나무판에다
벼락같은 말씀 새겼나니
이땅에 더 이상
가족 잃고 집 잃고 우는 이 없을지어다

살벌함 없을지어다
이땅에 언제까지나 평화만 있어
꽃피고 새 울지어다

팔만대장경판에 새긴 염원
쟁여쌓아놓은 장경각
그 말씀 아직도 불길 같아서
쥐새끼 좀 한 마리 얼씬 못하는데

벗님들이여
오늘 우리는 또
높아만 가는 외세의 파고를
무엇으로 잠재우리오
천년뒤의 후손들에게
우리는 어떤 말씀을 전하리오
어떤 간절함을 물려주리오

팔만대장경

오늘에 있어서도
우리들의 생각과 시선을
하나의 칼끝으로 집중케하는
간절함 같은 것은 있어야 하지 않겠는가
우리 모두의 마음을
하나의 총구로 집중케하는
먼 과거로부터 아득한 미래
언제까지라도 마음속에 타오를
간절함 같은 것은 있어야 하지 않겠는가

해인사 장경각,
주변의 아람드리 전나무 굴참나무
소나무 붉은가지가
장경각쪽으로 귀 열고 있음을 보았다
심지어 해인사 입구
상수리나무 높은 가지 겨우살이들도
장경각쪽으로
장경각쪽으로 마음 열어두고 있음을 보았다

여기 나무판에 새긴
간절함,
천년이 지났어도
아직 그냥 그대로
여전히 간절함일뿐이니
아직도 썩지않은 이유가
여기 있음이다
여기 있음이다

오늘 우리들은
차라리 대장경판이라도 새겨야 하리라
이라크를 불바다로 만든 뒤
차츰 한반도로 향하는
아메리카의 총구 앞에서,
우리 민족을 압살하려했던
지난 만행을 정당화하며
또다시 흰 이빨을 드러내는
섬나라 일본의 제국주의 야욕앞에서,
자랑스런 우리의 고구려 역사를

자기네 역사라고 우기는
파렴치한 중국의 망동앞에서
외세 앞에서
바람 앞에서
오늘 우리는
간절함을 새겨야 하지 않겠는가
우리의 마음을
하나의 칼끝으로 모아야 하지 않겠는가

그 간절함으로
저 승냥이들의 야욕
다 잠재우고
드리운 먹구름 다 걷어치우고
논밭 갈고 씨 뿌리고
아이들 낳아 가르치며
언제까지나
언제까지나 그런 간절함으로

장경각

여기 장경각 앞에 서면
오소소 가슴 떨리는
찬바람이 불어 나온다

아내를 잃은
아들과 딸을 잃은
부모 형제 잃은 한을 담아
산벚나무 돌배나무에 새겼으니
땀과 눈물로 새겼으니
그 한스러움
지금도 시퍼렇게 살아
오뉴월에도 찬바람이 이는 구나

외세가 물러가고
자손만대 평화를 바라며
팔만사천법문에 새긴 그 염원
아직도 이루지 못해

잠들 수 없는 고려의 혼이
토하는
시린 숨결들!
여기 장경각에는
오뉴월에도 찬바람이 이는 구나

다시 대장경을 새겨야 할 때

너는 나무를 베고
나는 나르고
너는 톱질하고
나는 대패질하고
너는 경문을 쓰고
나는 판각을 하던
그 마음 한마음 이였듯
우리
다 같은 마음 한마음으로
지금 다시 대장경을 새겨야 한다

저 높은 빌딩에도
노점상 좌판에도
학생들의 책가방에도
노동자의 연장에도
다 같은 마음
한마음으로 대장경을 새겨야 한다

하늘이 무너지고

땅이 통곡하는
피비린내 나는 포성이
바그다드를 불바다로 만든 침략군 포성이
언제 이 땅에 울릴지 모르나니
평화를 위하는 마음 하나로
나라를 지키려는 마음 하나로
오늘 다시 대장경을 새겨야 한다

땀과 눈물과 혼을 담은
고려의 그 마음 보다
더 절절한 마음으로
우리 다시 대장경을 새겨야 한다
칠천만의 가슴에 새겨야 한다

팔만대장경

중국의 황사바람 앞에
고구려의 역사를 어찌하랴
일본의 칼바람에
또 외로운 독도는 어찌하랴

화창하기도 한 봄날
해인사 일주문을 들어서는데
어디서
쿨럭쿨럭 기침소리가 들린다

기침소리를 따라 봉황문
해탈문 구광루 대적광전을 지나
장경각 앞에 서니

아 그랬구나
평화를 바랬던 간절함들이
간절함들이

그 간절함들이
먼지 쌓인 창고에 갇혀
피를 토하는 소리였구나

바람

지금 이 땅 위로
우리의 백두대간을 무너뜨리고
역사의 자존심마저 쓸어 갈
바람이 분다

세계화의 바람
신자유주의의 바람
거침없이 불어 온다

바람은 닫힌 문마다
더 세차게 두드리며
자꾸 열어라 한다
같이 열고 가는 시대라 한다

훌훌 벗어 던지고
문을 활짝 열 수 없는
나는 보았다
해인사 팔만대장경 앞에서
나라를   지키려는 정성 담긴 장경판들

그 간절함들이 침묵하고 있는 것을

장경각 앞에서

한줄기 바람이었다

아직도 갈라진 남과북
고구려도 부속국이라 떠드는 중국
독도를 다께시마라 떼쓰는 일본
제국주의 전초기지화로 만들려는 미국

가파른 돌계단을 올라
장경각 앞에 왔을 때
목덜미를 스치는
오싹한 바람

장경각에서 부는 바람은
팔만경판의 분노인가
피눈물로 나라를 지키려는
외침인가

얼어붙은 몸에
비수의 바람이 분다

가슴 적시는 바람
가슴 베는 바람

사진 찍을 수 없었다

장경각 앞에서 사진을 찍을 때
햇살 눈부셔 눈을 감았는데

착각이었을까
나무를 옮기고
대패질을 하고
끌질을 하며
법문을 새기는 사람들 보였다

창 칼 아래 쓰러지는 부모형제들
강이 되어 흐르는 핏물
산처럼 쌓이는 시체들
피눈물로 경판을 만드는 사람들

햇살은 여전히 눈부시고
장경각은 침묵하고 있는데
웅성이며 들어오는 사람들은
연신 사진 찍기에 바빴지만
나는 사진 찍을 수 없었다

나라를 지키려는 그들의 모습에
나도 모르게 합장을 했다

칼

만주벌판을 흔드는 황사바람
쉬 멈추지 않을 듯하다
압록강을 넘어 한반도를 덮쳐오는 저 칼바람
갑갑한 마음에
나는 팔만대장경을 생각했다
칼이란
침략자의 손에 쥐어지면 살생의 칼이지만
우리 민족에게는 언제나 평화의 칼이었다
혼을 불어넣는 생명의 칼이었다
천 번이 넘게 침략을 받아도
단 한 번 침략의 칼을 든 적 있었던가
보라 칼이라고 다 같은 칼이 아니다
살생의 칼과
평화의 칼을
어느 민족이 칼로써 평화를 말하였던가
나는 생각했다 팔만경판의 평화를
한 자 한 자 새겨 넣은 조상의 혼을

황사바람 아무리 거세게 분다 한들
평화의 칼을 당하랴
혼의 칼을 당하랴

보초를 선다

깨어있다

등을 붙이고 눕지도 못하고
몇 백 년을 꼿꼿이 서서

바다 건너 섬나라의 칼바람과
황사바람 막고 서서

꺾이지 않겠다
오늘도 보초를 선다

팔만대장경
저 꼿꼿한 허리
언제 편히 쉬게 하나

GAME OVER

친구들을 본지 오래되었다
네트워크로 만나 인사를 건네고 데이트를 즐긴다
혹 외롭기라도 하여 자주 방문하는 카페에
마음을 털어놓으면
외로움을 잊을 수 있는 각종 게임 방을 선물 받아
새벽까지 이어진 나만의 세계에서 나는 독보적이다
따로 출근할 필요가 없으니
아침은 늘 늦었어, 버터를 잔뜩 바른 빵 조각과
호주 산 우유는 그런 대로 괜찮은 식탁이지
식구들과 둘러앉아
밥을 먹어 본 기억이 까마득하지만
사실 한 자리에 모이는 것이 낭비라는 생각이 많아
네트워크로 안부를 묻고, 위치를 확인하고 확인시키고
가슴속 생각까지 네트워크 네트워크……
가끔 컴퓨터 대신 텔레비전을 보기도 하지만
좀 시시하다는 생각이 늘 지배적이지
그래도 볼만한 프로는 오락프로 뿐이거든

온 종일 뉴스만 보내는 채널이 있지만
그 시시콜콜한 늙은이들이 모여 떠드는 정치 같은 것은
생각도 하기 싫어…아직도 멱살잡이라니

*

순전히 우연 이였다
내가 해인사에 들른 것은
목적지가 따로 있었던 것은 아니지만
밤 세워 컴퓨터 게임을 하다 길을 나선 것 같은데
무슨 생각에 빠져 길을 놓친 다음에야
내가 어디를 가고 있나, 목적지를 더듬었다
아무리 생각해도 한 번 잃어버린 목적지가 생각나지 않아 무작
정 자동차에 몸을 실었던 것 같애
며칠을 끙끙 앓던 생각의 끈이 뚜렷하지 않았어
다 지워 버린 줄 알았는데 내 몸속 어딘가에 남아 있던
어떤 격렬한 뜨거운 피, 같은 거였는지도 몰라
현란한 음악 인스턴트식품 키보드 언어
네트워크 네트워크 네트워크……

지구에서 유일한 냉전의 땅 한반도에 살고 있지만
그런 문제는 문제도 되지 않아
그런데 왜 갑자기 길을 나섰을까
며칠 전 텔레비전 오락프로에 정신을 빼앗기는 사이
잠깐 자막으로 처리되어 나온 〈중국 고구려사 왜곡 분노〉
〈전쟁반대 촛불! 광화문 광장 넘쳐〉라는 자막에
오락프로를 망쳐 놓은 것이 언짢았지만
곧 잊어 버렸는데,
나도 모르는 사이 머리 속에 남아 있었던 것일까
이런 낡아빠진 생각을 떨쳐 버릴 겸 무작정 나선길이니
목적지를 생각해 내지 못한 것은 당연한 것 이였다
넓은 도로 조용한 자동차 커피 향이 가득한 차안공기
도시를 벗어나자 훅 풍겨오는 바람 앞에
좀 당황스러웠지만, 얼마를 달렸을까

                *

네트워크 시대에 네트워크에서 제외된 시골길이라니
자동 운전 장치에 몸을 맡기고 생각을 더듬는 사이

눈이 부셨다
내가 눈을 뜨자 저문 해가 낡은 이정표에 머물러 있었다
자동차가 나를 어디로 데려 온 것일까
해인사? '해인사'라니
언제인지 생각도 없는 날, 식구들과 함께
꼭 한 번 둘러보고는 시시하고 지겨워 울어 버렸던 기억
기초 역사시간에 따분하게 배웠던 고려의 역사
내 눈으로 한 번도 본 적 없는 '팔만대장경'
그래 난 지금 해인사로 가는 중이야
마음이 뛰기 시작했어, 잠재된 의식 같은 것인지도 몰라
그렇게도 부정하고 싶었던
민족이니 자주니 한민족 한 핏줄 같은 것,
그래 나는 지금 해인사로 가는 중이야

                *

가끔 텔레비전에서 일장기를 두르고
침략전쟁을 일으켜 패배한 조상을 참배하고는
의기양양해 하는 일본 정치인들을 본적이 있어도

그리 대수롭지 않게 생각했어
한반도가 중국의 한 지방 정부처럼 보일 때도
오히려 다행이다 싶게 안도했지
갈라진 땅이 좀 슬프기는 해도 지금은 네트워크 시대잖아
남쪽이 우월하다며 인도 친구들 앞에서도 당당했어
사사건건 내정간섭을 한다며 중국을 반대하는
집회가 있기는 해도 별 관심이 없었어
네트워크 시대에 걸 맞는 국민, 국경이 따로 없으니
민족이니 역사니 자주니 이런 것들은
이미 구시대의 유물처럼 교과서에서도 그리 중요하게
밑줄을 긋지 않는다고 생각했지
아침에 서울을 출발해서
뉴델리에서 회의를 하고 북경에서 점심을 먹고
상해 지점을 방문하여 매출을 확인하고
백화점엘 들러 쇼핑을 한다
근사한 저녁식사는 조용한 음악이 흐르는 레스토랑에 앉아 와
인을 곁들인 러시아산 가재 껍질을 벗기는
이건 내가 꿈꾸는 미래였어 언제나 그 뒤엔
된장 냄새가 날까봐 쩔쩔매던

내 지난 모습이 눈에 선하지만……

*

그런데 난 왜 무엇인가에 이끌려 해인사를 찾았던 것일까
이 네트워크 시대에 금지된 생각에 흔들리다니
내가 경멸했던 이방인들이 촛불을 켜고 목소리를 높이던 광화
문 광장이 생각나는 것일까
네트워크 시대로부터 퇴출당한 낙오자들이 모여
저급하게 고함을 치는 광화문 광장이
가슴속에서 떠나지 않다니
아무래도 해인사를 찾은 까닭이 그곳에 있는지 모른다
아니 처음부터 그리 정해져 있었던 건지도 모른다
내가 늘 부정하던 것들 속에,
내가 아무리 절래 절래 부정해도
내 몸속 깊은 곳, 어떤 피가 흐르고 있었던 게지
딱 한 번 와본 해인사가 이리도 기억에 생생하다니……

                *

어디서들 온 것일까 저 젊은이들은
장경각 앞에 모여 전쟁반대 기도라도 하는가
다들 두 손을 모으고 있는 것이 엄숙해 보여
나도 모르게 따라 합장을 하고 말았어……,
시간이 얼마나 흘렀을까
내 두 눈으로 똑똑히 보았어
해인사 밤하늘 가득 별들이 모습을 드러내더니
장경각 위에 촘촘히 모여드는 것을
팔만대장경판 하나 하나가 일어서서
뚜벅뚜벅 광화문 광장으로 몰려가는 것이었어
네트워크, 네트워크로는 설명할 수 없는
수 십 수만의 촛불, 불의 바다……

                *

뚜우 뚜우
〈GAME OVER〉

또 밤을 지새운 모양이다 컴퓨터 앞에서
늘 아침이 늦다. 메일이 도착했다고 난리다
아무래도 걸려지지 않은 스팸이겠지
이 지긋지긋한 스팸 스팸……

없다

없다
팔만대장경 같은 것은,
해인사 어디에도 없다

너에게 오는 길을 서두는 것이 아니었어
한 걸음에 달려 네 앞에 서기만 하면,
확 가슴이 트인다든가
어쩌면, 꿈틀꿈틀 용트림 같은 것을 상상했는지도 몰라
어느 민족도 흉내 낼 수 없는 웅장함을
21세기 과학으로도 설명되지 않는 신비함을
그래, 맞아, 너의 건제함을 난 확인하고 싶었던 게야
슬픔 위에 새긴 눈물의 역사가
이 땅에 반복되지 않기를……
언제부턴가 방향을 잃어버린 길 위에서
내 길 찾기는 시작되었던 거야
잊어버릴 수 없는 전쟁의 기억,
분단의 아픔, 자본의 속셈 같은 것
현대사 속에서 길을 잃어 미아가 된 나는
생각의 꼬리가 쉽게 잡히질 않아 헤맨 시간,

이 낭패를 어쩐다
해인사까지 단숨에 와서
왜 이리 가슴이 천길 벼랑이단 말인가
동해 끝 외로운 섬 마냥 깃발이 나부끼던 광장도
사위가 적막한데,

이미 없다 해인사에는
길 일러 줄 팔만대장경 같은 것은

제2부

다시 길을 나서며

문영규

장마/로또 복권/미션 임파서블/지리산
눈 내리는 저녁/손 흔들어 주기/보일러/독도여

배재운

외딴섬/덕담/봄꿈/일기예보
한밤에 우는 매미/옛 말/신호등/살기

이규석

고집/일거리를 두고/나무를 심으며/비오는 날
낚시/공단거리에서/늦가을에/독도

이상호

질긴 어둠/그림자에게/우산을 접는다/내 자리
익숙한 밤/통근버스를 보며/배추꽃이 피었습니다/얼굴

정은호

맥을 못 춘다/사생아/아버지 말씀/아내
복권/선풍기/도미노/일방적이다

표성배

봄도 이제는/햇볕이 너무 좋아/열두 시와 한 시 사이/가을이 기울어
졌다/겨울이 오기 전에/바람 한 점 없다/편지/한 번쯤

장마

로또 복권

임파서블

지리산

눈 내리는 저녁

손 흔들어 주기

보일러

독도여

문영규

경남 합천에서 태어남
〈일과 시〉 제4집으로 작품활동 시작
시집 〈눈 내리는 저녁〉(갈무리, 2002)이 있음
m-agato@hanmail.net

장마

라면을 끓이다
창밖을 보니,
길 건너 축대 아래
장마비 질퍽한데
못보던 냉장고 하나
지그시 비 맞고 섯다

아직 멀쩡한 걸로 봐서
쓰는데 문제 없을 듯 싶은데
모든 것 다 포기한 듯
처연한 모습이다

깡마른 그 사내
추우나 더우나 아침이면
안전화 졸라매고 출근하던,
공장밥 한 이십년 먹었으니
그래서 요즘은 불안하다고
명예퇴직 영순위 아니냐며
뭉툭한 검지로
쓸쓸히 소주잔을 기울이던

유성정밀 정목이 형

살다 보면
이런일 저런일 다 겪는 것
부디 용기를 잃지 말자는
가벼운 말 따위가 어찌 위로가 되랴

지금 어쩌면
저 빗속을 뚫고 걸어가리라
정목이 형

로또 복권

이른 새벽
문득 문득 눈이 떠져 창문을 보니
전에 없이 파르스름하다
달빛이구나

이 새벽까지 달빛은
꿈자리 뒤숭숭한
내 머리맡을 어루만지셨나

많은 사람들이 그러하듯
부유함이나 명예 따위만을 쫓지는 마라
오히려 궁벽함이나 하찮음이
보존하고 지켜나가야 할 덕목이 아니더냐
다시는 복권 따위 사지마라

달빛이 내게 말씀하신다

미션 임파서블

여러날 되뇌어 보았다

지금 내게 내려진 미션은
아이 둘 한꺼번에 대학 시키는 일

아내와 둘이서
그 달 그 달 막으며 살아오다
급기야 내게 떨어진
고난도의 미션

미션 임파서블,
그 영화의 주인공들은
총도 쏘고 사기도 치고 하더라만

지리산

골짜기 마다 등성이마다
이윽고 지는 꽃이라 해도
이곳에서는
슬픔이라 말하지 말자

그리 쉽게 말해 버리면
슬픔이라고 말해 버리면
잔잔히
가슴가슴마다에 가서
붉게 젖지 못하리
다시 피어나지 못하리

이곳에서는
이윽고 지는 꽃이라 해도
그래서 우리는
슬픔의 그림자라 말하자

어느 골짜기에서는
사계절 내내
슬픔의 그림자가

눈꽃처럼 피었다 지고
지고는 이내 다시 피고

계곡물 따라
함께 흐르더라

눈 내리는 저녁

잿빛 하늘을 이고
한해가 간다
오늘은 묶어 넣어 두었던
크리스마스 장식들을 꺼내서는
이제부터 너희들의 좋은 날이다
마음껏 반짝거려라 하며
벽에 걸어주었다

밖에는 아득한 하늘에서
눈이 내리고
반짝이는 장식들을 보며
녹차를 마시다가
눈은 내리면서
혹시 눈사람이 되고 싶어서
그래서 내리는 건 아닐까
생각했다

날은 여전히 춥고
봄은 아직도 멀어서
굴속의 토끼들처럼
몸도 마음도 뻣뻣했지만

마음만은 반짝반짝
내 걸고 싶었다

손 흔들어 주기

어릴적 시골길에서
뽀얗게 먼지 날리며 지나는 차를 향해
코는 싸 쥐고서도 손 흔들어 주었지
누군가를 향해 늘
손 흔들어 주기
빠르게 지나는 것들에게도
그래도 손 흔들어 주기

일하러 다니며 지나는 창원대로
아침저녁 늘 손 흔들며 다녔지
지난 겨울
졸가리로만 서있던 벗나무들
눈인사 주고 받으며 다니는 동안
조금씩 자라고 있었지

누군가에게 손 흔들어 주면
그의 마음도 나의 마음도
조금씩 자라나는 것
서로에게 손 흔들어 주기
그때 시골길의

버스 아저씨처럼
마주 흔들어 주기

자욱한 추억속으로 멀어지는
나의 세월에게도
손 흔들어 주기

보일러

싸늘한 밤
보일러 소리 듣는다
참으로 힘차고
더운 심장이구나

독도여

그대 귀 막고 있는가
그대 눈 감고 있는가
저 소리
섬나라 것들
떼쓰는 소리
듣다듣다 기가 막혀
묵묵부답
하얀 파도 포말만
어루만지고 있는가

그대 외로운가
정녕 외로운가
이름이 독도라서
그대 외로운건 결코 아니다
조국이 슬퍼할때도, 기뻐할때도
언제나 그대와 함께였나니
저소리
섬엣것들
억지부리는 소리에
가슴이 무너지는구나

그대여
이제 그만 눈뜨라
그리고 말하라
이제 그대가 말하라
"대대로 남엣것 뺏기를
즐기는 비열한 것들아
이제 억지 좀 그만 부리고
뉘우칠 줄 알아라"

외딴섬

덕담

봄꿈

일기예보

한밤에 우는 매미

옛 말

신호등

살기

배재운

1958년 경남 창녕에서 태어남

2001년 전태일문학상(시) 받음

창원공단 노동자로 일하다 퇴직

janwoon1958@hanmail.net

외딴섬

잠은 청할수록 멀리 달아나고
하릴없는 귀뚜라미 소리만 가까이 다가오는 가을 밤
창문을 두들기는 바람소리
비명을 지르며 달려가는 구급차 소리에
가슴 덜컥하기도 하지만
이내 고요가 찾아오고
생각은 꼬리를 물고 지칠 줄 모르고 달려간다

수많은 날들
밤낮을 모르고 일하다 보니
가끔 나의 의식은 낮과 밤이 헷갈려
잠 오지 않는 밤을 연출하게 되면
나는 외딴섬에서 홀로 거닐며
바람과 파도소리를 듣는다

모두가 잠든 밤
홀로 깨어 있다는 것은
외딴섬에 홀로 남은 것 보다
더 외로운 것인지도 모른다
북적거리는 이 도시에서

공단의 불빛만 바라보고 사는 사람들은
저마다 가슴 속에
외딴섬 하나 갖고 살아가는지도 모른다

덕담

3개월짜리 일용공으로 취직한 재수
운 좋게 정식사원으로 발령이 났다
여러 사람 모여 축하한다며 던지는 한마디
사람은 줄을 잘 서야 한다고
같은 일용공이지만 원청으로 들어왔으니 다행이지
하청으로 들러왔으면 어림도 없다고
포장반에 일하는 억수형
십 년이 넘어 반장이 되었지만
지금도 원청 신참한테 작업지시 받아야 한다고
하청은 원청 뒤치다꺼리 하다 골병만 드는데
참 잘 되었다 한다
한솥밥 먹고
같은 일하고
같은 문으로 출퇴근 하면서도
원청과 하청으로
정식과 일용공으로 가려지고
일의 무게와 대우가 반비례하는
답답한 현실이
가슴 쓰린 덕담을 하고 있다

봄꿈

온 몸이 찌뿌듯하다

간밤에 무슨 일이 있었나
엉클어진 꿈속을 들여다보니
참 딱하다
현실이 아무리 팍팍해도 그렇지
꿈도 이래서야
신바람 나는 꿈이 아니라면
꾸지나 말 것이지
밑도 끝도 없이
밤새 일에 쫓겨 허둥대는 꿈이라니

이 화창한 봄날
공장 울타리에도 꽃은 피어서
저렇게 눈부신데
나는 뭘 찾아 꿈속을 헤집는가
시작종 소리가 꿈결처럼 들려온다

일기예보

오늘 비가 올 줄 알았는데
오질 않는다고
어깨 껴안고 만지며
고개 갸웃거리던 아내
TV에서 강원도 지역에
한줄기 소나기가 내렸다는 소리에
고향이 강원도라
이젠 강원도 날씨까지 알아 맞춘다고
너스레를 떤다
가난한 사람끼리 만나
가난을 벗어보겠다고
아등바등하던 것들이 골병이 되어
한창 나이에
몸으로 일기예보를 하는 아내
두렵고 미안한 밤이다

한밤에 우는 매미

수은등 불빛아래
밤이 깊어 가는 줄도 모르고
매미가 울고 있네

밤낮을 모르고
계절도 모르고 돌아가는
기계 앞에
매미처럼 달라붙어 일하는
프레스공 닮아 밤새워 운다네

옛 말

방문 앞에 거미 한 마리
잡을까 말까 망설이다
그냥 둔다
아침 거미를 보면 재수 좋은 일 생긴다고
함부로 죽이지 말라던 어른들의 말씀
아직도 그럴까
고개 갸웃거리지만
오늘은 왠지 여유롭다
티격태격 하는 아이들도
마누라 바가지도 너그럽게 그냥 넘긴다

벌레 한 마리 풀 한포기
함부로 하지 않는 보살 같은 마음
거기에 세상 살아가는 이치가 배여 있으니
옛 말씀
깊이 새겨볼 일이다

신호등

줄지어 달리던 가로수 멈춰 서고
쌩쌩 달리던 자동차가
씩씩거리며 안달하는 곳에
언제나
커다란 눈을 껌벅이며
길을 가르는 초인이 있다

방정스레
까불대는 세상을 내려다보며

눈빛 하나로
제 갈 길 바쁘다고 아우성치는
길 한복판에서
사람의 길을 인도하는 그는
길 위의 하늘님이다

살기

어디선가 들려오는 미세한 파공음
갑자기 방안은 팽팽히 긴장되고
솜털이 곤두선다
점점 가까이 다가오는
찌리 찌릿한 기분 나쁜 느낌
뿌리치고 싶어
세차게 고개를 흔들어 보지만
끝내, 살갗을 파고드는 따끔한 일격
참을 수 없는 전율이
온몸을 엄습한다

당할 수만 없다
사냥감을 노리는 범처럼
결정적 순간에
손바닥을 힘껏 내려친다
살짝 비켜가는 파공음
뺨이 얼얼해 오고
주체할 수 없는 감정이 폭발한다

없다. 흔적도 없이
방안엔 정적만 감돈다
내가졌다
마음속에 일어나는 살기를 들켰으니
　ㅡ사실 나는 누구에게나 속마음을 들키고 만다

고집

일거리를 두고

나무를 심으며

비오는 날

낚시

공단거리에서

늦가을에

독도

이규석

1958년 경남 함안에서 태어남

1987년 〈고주박〉 동인으로 작품활동 시작

경남민족작가회의 회원

rgs1009@hanmail.net

고집

오늘도 밥값 못하고
퇴근을 한다

온갖 푸대접받으며 익혀온 기술
은근히 자랑했던 일들이
동네 사람들 보기도 어찌나 민망한 지

원하는 단가에
납기 한번 어긴 적 없고
질 좋은 제품 만드는
그런 공장을 고집하며
몇 년 째 뿌리내려 가는데

자꾸 사람들은
명절날 떡값도 보내고
한번씩 융숭한 술대접도 하라고
그래야 된다고 하지만

일거리를 두고

처음 보는 사람이
일거리를 들고 찾아 왔다

너무 오랫만에 맞는 일거리라
(기쁜 마음 감추고)
도면과 제품 용도를 설명 듣고
납기가 언제고
가격을 이야기하다
옛 거래처에서는 얼마였는데
좀더 싸게 할 수 없냐고 한다

(옛 거래처가 어디냐고 물었더니
그 거래처가 내 친구 공장이다)

하여
예약 된 제품이 밀려 있어
납기도 못 지키겠고
도저히 작업하기 어렵겠다고

나무를 심으며

한번씩 찾아가는 고향 집
늘어가는 빈집들을 볼 때마다
허전해지는 마음 달래려
아이들과 함께 나무를 심는다

새들이 쉬었다 가기도 하고
산짐승들이 놀다 가기도 좋고
할아버지 할머니
아버지 산소가 잘 보이는
텃밭 가장자리에 구덩이를 파고

가난의 대물림이 싫어
도망치 듯 고향 떠났던
그 잘난 희망들 거름처럼
구덩이 속으로 다져 넣고

몇 백 년 동안 고향을 지키며
뿌리 단단히 내리고 있는
저 당산나무에 얽힌 이야기
아버지가 해주셨던 것처럼

아이들에게 들려주며
손과 손을 맞잡고
꼬옥 꼬옥 땅을 밟는다

비오는 날

다리를 절뚝이는 개 한 마리
갑자기 쏟아지는 비를 피해
남의 집 처마 밑에 선
내 눈치를 보며 들어선다

무심히 내리는 비를 보다가
내가 쪼그려 앉자
엉덩이를 붙이고 앉는다

비가 멈추면
어디를 가야하나 걱정하다
개의 머리를 쓰다듬어 주자
손을 핥으며 낑낑 거린다
서러웠던 것이구나
사람들에게 사랑 받던
그 때가 생각나는 것이구나

하나 둘 불빛들이 켜지며
돌아갈 시간을 알리는데

내 눈치만 보는 것이
어디를 가야할 지를 묻는 모양이지만
나도 갈 곳을 모르겠구나

낚시

오늘은
일거리가 있었으면 하는 마음으로
기계 공회전을 시켜 놓고
커피 한잔 마시는데
일거리가 없다며 친구가 왔다

앉아서 속만 태우지 말고
낚시하러 가자 한다
이 시국에 왠 낚시?

크고 작은 공장들을 무조건 돌며
간,쓸개 빼어
미끼처럼 달고
일거리 낚으러 가자 한다

돌아 볼만큼 돌아 봤다 해도
기다림이 목까지 차올랐는지
버럭 언성을 높이며
그래도 자꾸 가자 한다

공단거리에서

작은 공장들이 그물처럼 얽혀 있는
공단 길을 천천히 걷는다

이번 달도 적자라는
아내의 말이 졸졸 따라 오고
얼마나 걸었을까
주차할 곳도 없이 빽빽했던
거리가 넓어져 있다

고개 들어 휘둘러보니
일 하고 있을 사람들이 여기 저기
따스한 가을햇볕을 물고 화단에 앉아
일손을 놓고 있다

가을을 밀어내는 찬바람이
공단 거리를 휘익 훑고 지날 즈음
벌써
더욱 긴 겨울이 걱정 된다

늦가을에

바람에 몰려다니는
낙엽들을 보며
가슴이 이렇게 허전한 것은
나이 탓이면 좋겠다

내 년을 바라볼 수 있는
가을걷이 끝난
빈 들판의 기다림이면 좋겠다

오늘도
빈 기계 앞을 바장이며
일거리 걱정을 하고 섰는데
공장 화단 나뭇가지에
가을 햇볕을 문 잠자리도
바람이 불 때마다
나처럼 허전하다고
지겹도록 앉았다 날았다 한다

또 하루를 공치고

돌아서는 발걸음에
무거운 허전함만 밟힌다

독도

독도의 역사를
새로운 다케시마로 위장시켜려
개망나니처럼 칼을 휘둘러도
독도는
달아날 목이 없다

질긴 어둠

그림자에게

우산을 접는다

내 자리

익숙한 밤

통근버스를 보며

배추꽃이 피었습니다

얼굴

이상호

1971년 경남 창원에서 태어남

1999년 〈들불문학상〉 수상

〈경남작가회의〉 회원

현재 산재로 투병 중

lshlk@hanmail.net

질긴 어둠

마지막 남은 어둠이
제 속살 속으로 숨어들고 있다

먼데서 희붐한 밝음이 조금씩 밀려오며
병실 창문을 엿보지만
병실 안의 어둠은 이불에 붙어
떨어지려 하지 않는다

불 끄면 잘 수 있는 몸이면 좋으련만
밤새 혈압재고 링거 바꿔 달고
앓는 소리와 뒤척이다 맞는 아침은
밥 배달하는 아주머니의
식사 왔습니다 인사말에도 꿈적도 않다가
이불 젖히는 틈에 후다닥
구석으로 숨어든다

약 봉지만 물끄러미 나를 쳐다보고 있다

그림자에게

물리치료실 침대에 누우니
기울어진 햇살을 받아
커튼에 그림자 드리운다
이름을 알 수 없는 나무그림자 어른거린다

바람이 부는 탓이리라
흔들리며
넓어졌다 좁아지는 그림자를 보다가
내 그림자를 생각한다

길고, 짧고, 넓고, 좁으며
눈, 코, 귀, 입 보이지 않아도
더벅머리 삐쭉삐쭉 솟은 그림자

얼핏 설핏 볼 때마다 아무것도 아닌 듯
기억의 귀퉁이도 차지 못해
있는 듯 없는 듯
수 없이 흔들리며 따라 왔는데
커튼에 드리운 나무그림자처럼
튼튼한 나무 하나 만들고 싶다

우산을 접는다

비속을 걷는다
굳이 급한 일이 있는 것은 아니지만
우산 든 손에 힘을 주고
반쯤 굽힌 허리로 걸음 옮긴다

순식간에 젖는 발 언저리들

장대비 속을
우산 하나로 피해 본다는 것은
얼마나 부질없는 짓인가

온 통 눅눅하고 축축한 날들인데
젖을 때는 젖고
말릴 때는 말리며
근심걱정 한번쯤 훌훌 털어
온 몸으로 부딪히는 것도
꽤 괜찮은 것 아니겠는가

우산을 접는다

빗방울들이 신경을 두드린다
세포들이 움찔움찔 깨어난다

비 내리는 하늘이 한 뼘 정도는 높아졌다

내 자리

한 달 두 달
해가 바뀌고 또 바뀌어도
하얀 병원 건물 안
이동식 침대
내 자리

네 살 된 아들
돌이 다 된 딸
일 나갔다가 아이들 데리고 와
밤마다 다독이며
잠드는 아내
그 옆 빈자리
내 자리

몇 달 전부터
구인광고 내 놓았다는
오르락내리락 리프트 소리 그리운
그 자리 내 자리

기약 할 수 없는 자리

익숙한 밤

치료 받을 때 그때 잠시 뿐
뒤척이다 끝내 침대에서 내려왔다
새벽 세 시가 갓 넘어 서고 있다
병원 복도를 왔다갔다 거니는데
고요를 깨우는 내 발자국 소리를 잊고 거닌다
하루 이틀 걷는 일이 아니니 내 귓속으로만
익숙한 소리일 것이다
지난 날 생각하니
열여섯 까까머리에 시작한 밤 생활이다
밥 먹듯이 했던 전자회사 철야작업
열 두 시간 맞교대 신발공장
기본인 듯 한 중공업 야간작업
스물 네 시간 정비공장 긴급출동

오늘 밤도
익숙한 밤이라 생각하니
복도를 밝히는 형광등 불빛이
다정하다

통근버스를 보며

병원 앞 정류장
통근버스들이 줄을 선다
한 무리의 사람들을 태워 떠나면
닫힌 셔터 문과 새순 돋는 은행나무들만 남아
아침 햇살을 기다린다

통근버스를 타려고 줄 섰던 날들
나에게도 있었지

회사 마크가 선명한 작업복을 입고
새벽 찬 바람 속에서도 동료들과
정겨운 인사를 나누고
서로의 어깨에 기대기도하며
떠오르는 햇살 속으로 달려가던 날들

끝없이 밀려왔다 떠나가는
통근버스들을 보며
병실 창문에 기대 선
내 마음은 벌써 버스에 올랐다

배추꽃이 피었습니다

숨 죽어 누워버린
배춧잎들 위에
꽃이 피었습니다

김장 김치 담아
자식들에게 보낼 꿈은
꽃으로 피었습니다

갓 서른 넘긴 청상과부
삼남매 시집 장가보내고
손자 손녀 재롱이
피어난 꽃처럼 한참인데
푸석한 배추 같은 몸입니다

얼어붙은 어머니의 텃밭에
봄이 오면 새싹이 돋아날런지요

얼굴

병실 창문에 부딪힌 빗방울들이
불빛에 반짝이며
앞서거니 뒤서거니 흐르다
맺혀 있습니다

점점이 맺힌 빗방울들이
오늘따라 빛나보여
가만가만 들여다보니

열여섯 아들의 첫 월급을 받아 쥔
어머니 얼굴이 되고
열한 살에 돌아가신 흐릿한 기억 속의
아버지 얼굴이 되어
웃어라 합니다

또르르 흐르는 방울 하나가
젖먹이 아이가 되어
까르르 웃기도 합니다

한 겨울 가뭄 속
싸르락 싸르락 내리는 빗줄기가 다정스러워
주사바늘 꽂은 손까지
살며시 내밀어 봅니다

맥을 못 춘다
사생아
아버지 말씀
아내
복권
선풍기
도미노
일방적이다

정은호

경남 진주에서 태어남.
시집 『지리한 장마, 그 끝이 보이지 않는다』 (2003, 갈무리) 있음
011953@hanmail.net

맥을 못 춘다

두 주일 밤에 일하고
두 주일 낮에 일하면
한 달이 간다

쳇바퀴 돌 듯 한 이십 년 다녔으면
이력이 붙을 만도 한데
밤에 일하는 날엔 맥을 못 춘다

해 뜨면 일 나가고
해지면 돌아와 글 읽는다는
옛말 새겨보지 않아도
해 뜨면 출근하고
해 지면 퇴근해서 책을 읽는
내 모습 상상만 해 본다

햇빛 한 점 들지 않도록
창문을 가려놓고
오직 밤에 일을 하기 위해
잠을 청하는 나는,

낮에도 맥을 못 춘다

사생아

가슴을 찢어놓는 이 절망
잉태 된 곳 어디더냐

여의도 국회였을까
압구정 룸이었을까

왜 똑같은 일 하는데도
임금은 절반인가

이 더운 한여름에도
휴가는 없다

그 허울 좋은 노동조합도
만들 수 없다

재계약 빌미로 저당 잡힌
나는 비정규직

차라리 내 몸에 불을 지펴다오

아버지 말씀

너거들도 토요일 노느냐고
한 주에 일요일 하루 놀면 되지
뭐 이틀씩이나 노느냐고
아버지 말씀
그럴 수도 있겠다

평생 일하지 않고
손톱만 한 대가 바란 적 있었던가
놀면 안 되는 줄 아는데
이틀씩 놀고 뭘 먹고살겠냐
이게 안 되는 짓이라고

아버지
저도 일하지 않고 무슨 대가를
바래 본 적 없었습니다
다만 법이 바뀐 거지요
토요일 놀아도 먹고살 수 있는 이들만
노는 거지요

공장마다
토요일 쉬는 건 허울뿐
다들 특근을 합니다

아내

부부는 닮는다 했던가
내가 하루하루
잔업시간을 기록해 놓듯
아내는 부업한 양을
매일 달력에 기록 해 두더니
오늘은 거래 장부를 샀다며
자랑을 한다
월급 타면 외식하자고
한턱 쏘겠다며
입가에 웃음이 가득하다
내 삶이 팍팍 할지라도
오늘만큼은 행복하다
십여 년 함께 산
아내와 나는 투명한 거울처럼
서로 닮아가는구나

복권

복권 한 장을 들고
한 주를 기다리는 삼식이

하루아침에
돈방석에 앉기 위해서가 아니라
안 되는 줄 뻔히 알면서도
어디에도 걸 희망이 없단다

태어나 단 한 번도
복권 한 장 사본 일 없는 나는
왜 되지 않는
허망한 일을 하냐 책망도 했다만

복권 한 장이
너에게는
삶을 버팅 기는 샘물 같은 것이었구나

선풍기

쉴 새 없이 도는
저 선풍기
참 많이도 나와 닮았다

날개에 묻은 저 까만 먼지 때
내 작업복에 묻어 반짝이는 기름때
서로 까마귀 형님하고
인사라도 하는 듯 하다

늘 같은 자리에서 뺑뺑이 돌다
힘겨우면 더운 바람 내뿜고
나는 거친 숨 내몰아 쉰다

날개를 멈추고 싶으냐
나는 멈출 날개조차 없다

도미노

퇴근길에
한 무리의 노동자를 보았다
"부당 해고 철회하라"

저들도 가족이 있을 텐데

눈을 감아도 보인다

상기된 가장의 모습 뒤로
너무도 선명한
그림자들

아, 사랑하는 아내
아빠 힘내세요
노래 부르는 아이들
도미노처럼 무너질까
두렵다
나는 자꾸 맥박이 빨라진다

일방적이다

1905년 고종 49년 5월 17일
일본은 독도를 죽도라 변칭하고
시마네현 토지대장에 기재하여
일방적으로
일본 영토에 합병을 선언했다
1905년 고종 49년 11월 17일
일본은 강제로 을사보호조약을 체결하고
일방적으로
조선국권을 빼앗았다
1945년 8월 15일
일본은 전쟁에 패하고도 툭하면
일방적으로
독도의 영유권을 주장했다
2005년 3월 16일
일본 시마네현 의회는 다케시마날 조례 안을
일방적으로 통과 시켰다
백 년 전이나 지금이나
저들의 주장은 밑도 끝도 없이 일방적이다
또 선포하고 싶을지 모른다

일방적으로
한반도의 영유권을

봄도 이제는
햇볕이 너무 좋아
열두 시와 한 시 사이
가을이 기울어 졌다
겨울이 오기 전에
바람 한 점 없다
편지
한 번쯤

표성배

경남 의령출생. 1995년 제 6 회 〈마창노련문학상〉을 받음,
2001년 시집 『아침 햇살이 그립다』(갈무리, 2001) 출간
이후 「시경」 등에 작품 발표로 작품 활동 시작,
시집으로 『저 겨울산 너머에는』(갈무리, 2004),
『개나리 꽃눈』(삶이보이는창, 2006)이 있다.
p-rorxh@hanmail.net

봄도 이제는

언제나 그래 왔듯
봄은 꽃밭 주위에서만 놀고 있다
천진스럽게 하늘거리며
그러나 봄도 이제는 좀 반성을 해야 할 일이다
재빠르게 자신을 반겨주는
개나리 벚꽃 같은 눈치 빠른 것들에게만
덥석 손잡아 주고는 급히 떠날 일이 아니다
애처로운 마음들이 올망졸망한
햇살도 피해 가는 공장 화단 귀에도
좀 머물러 줄 일이다
칠십 평생
꽃 한 번 피워 본적 없는
내 아버지, 어머니,
어머니 같은 사람들의 딱딱한 손도
좀 따뜻이 잡아 줄 일이다

햇볕이 너무 좋아

여기저기
퍼질러 앉고 누워 쉬는 것이
습관이 되어버린 점심시간
햇볕이 너무 좋아
남는 시간을 어쩌나 하다
공장 화단이나 한 바퀴 둘러보기로 한다

기계가 멈춘 점심시간
다소곳한 공장 화단에
한 발 들이기가 망설여지지만
들어가고 싶은 마음이 더 크게 동해
한 발 들이고 본다

가만히 햇볕에 몸을 맡기고
명상에 잠긴
메뚜기 여치 고추잠자리들
불쑥, 화단에 들어 선 나를 흘겨보며
야단이다

햇볕이 너무 좋아
한 발 들이고 만 화단에 우두커니 서서
더 이상 어찌할 바를 모르는
햇볕이 너무 좋은 시월 어느 점심시간

열두 시와 한 시 사이

햇살이 등을 간질이고 간다

고개 들어 눈 찡긋, 아는 체를 해
아니면 말어
마음에 파문이 인다
등을 간질 고는 모른 척 돌아앉은 햇살이 밉지만
나는 귀 기울여 듣기만 한다
내가 어쩌나 하고
가만히 살피는 햇살의 마음을

나와 햇살 사이에
2만 볼트 전류가 흐르고
서로가 서로의 마음을 탐색하느라
정신이 팔린 사이
바람이 햇살과 나 사이를 흔들어 놓는다
마음에 또, 파문이 인다
햇살이 바람에게 어떤 호통을 치는지
나는 또, 귀 기울여 듣기만 한다

햇살은 제 마음을 흔든 것이
자신인줄 모르고
바람은 제 발길을 어지럽히는 것이
자신인줄 모른다

열두 시와 한 시 사이
작업이 멈춘 점심시간
쇠를 다루는 손들이 놓아버린 고요
이 적막한 시간, 행여
햇살이 달아날까
나는 가만히 귀 기울여 듣기만 한다

가을이 기울어 졌다

여름 내내
사과를 매단 채 버텨오던
공장 화단 모퉁이 사과나무들이
일제히
팔 힘을 놓은 것이 틀림없다

새털구름이
한 쪽으로 만 흘러가는 것도
그렇고

고추잠자리가
한 쪽 날개를 빠르게 저어며
몸을 바로 잡고자 애쓰는 것도
그렇다

점심시간
종이박스를 깔고
잔디밭에 몸을 눕히자
천근만근 내 몸이

나도 모르게
스르르 한 쪽으로 기우는 것도
그렇다

겨울이 오기 전에

그 많던 잎 몇 남지 않았다
공장 화단 귀 모과나무 한 그루
그림자를 짐처럼 지고 서 있는 것이
보기에도 안타깝다
지나는 바람이 말을 걸면
그 말 다 받아 주느라 정신이 없어 보인다
저리도 바쁘게 하루하루를 살다 보면
눈이라도 내려야 겨울이 온 줄 알겠다
햇살을 기다리면 햇살이 비껴 갔고
별빛을 기다리면 별빛은 멀리 돌아갔다는 것을
네 마음 더듬지 않아도 알 것 같다
나도 지난가을 아쉬움 같은 것이 남아
마음 다잡지 못하여 안타까웠는데
바람 앞에 몸 맡기고 선 너를 보고서야 알겠다
무슨 말이라도 하고 싶었다는 것을
바다 건너 어딘가에서 불어 온 바람이
네 몸을 흔들자 너는 몸살을 앓고
나도 덩달아 온 몸이 흔들린다
옆 공장에 불이 꺼졌던 날처럼

을씨년스런 겨울 문턱
돌아가다 멈추었다 하는 기계 앞에서
나도 아직은 할 말이 많다

바람 한 점 없다

일거리를 따라 누비던
호시절이 언제였던가
아득하기만 하다
무슨 일이던 해야겠는데
바람 한 점 없다
까치 한 마리 날아와 공장 처마에 앉더니
은행나무 우듬지 너머로 날아갔다
무슨 바람이라도 좀 불어 주어야겠는데
아무리 아등바등해도
더 이상 버틸 재간이 없다
이력서에 훈장처럼 달고 다니던
빛나던 쇠 가공 기술은
더 이상 빛이 나지 않는다
정말, 어떤 바람이라도 좋으니
좀 불어 주어야겠는데……,
바람 한 점 없는 공단에는
흉흉한 소문만 무성하다
어느 새 날아왔을까
멀리 날아 간 줄 알았던 까치 한 마리

날았다 앉는 폼이 제법 어른스러운데,
은행나무 가지 사이에 지은 집이 노랗다
내년에도 새 집을 지을 수 있을지 몰라
나는 괜스레 걱정이 앞선다

편지

여느 때보다도 달빛이 부드러운 밤입니다. 모기떼처럼 앵앵거리던 스피커도 이제 막 잠 들었습니다. 농성천막 귀퉁이에 매달려 펄럭펄럭 가슴을 뜨겁게 만들던 깃발도 숨이 차는 모양입니다

매일같이 점검하는 대책회의도 끝난 시간, 나는 달빛이 고즈넉한 농성장 옆 잔디밭에 앉아 북 꽹과리 장구를 가만히 쓰다듬어 봅니다. 이들도 하루가 얼마나 고단했을까 신명나는 풍물놀이 판이 아니라 끝이 보이지 않는 대립의 시간 위에 몸을 실은, 이런 삶이 고단한 삶일 것입니다

이것저것 돌아보면 어느 것 하나 제자리에 맞게 놓인 것이 없습니다. 봄꽃이 피기 시작할 때 깃발을 매달았으나 벌써 팔월입니다. 밤도 지글지글 끓어 냉정을 찾지 못하는 팔월, 이리저리 날뛰는 싸움소 같다는 생각을 합니다

어디서 들려오는 것일까요. 고단한 하루를 쟁기질하는 노랫소리 누군가 아내에게 노래를 실은 편지를 쓰나 봅니다. 노래소리에 이끌린 달이 마음을 놓아 버린 농성장 한 쪽에서 가만히 눈을 감고 생각해 봅니다

자본과 노동에 대해, 현재와 미래에 대해

누가 말하지 않아도 압니다. 지금은 징그러운 시간이 우리를
칭칭 감고 있다는 것을

한 번쯤

겨우내 까맣던 졸가리들 축 늘어진 어깨 흔들어 개나리 노란 꽃순 밀어 올리고, 벚나무 하얀 꽃잎 틔우는 걸 보니, 한 번쯤 은 잊어버리고 싶은 것들 다 잊어버리고, 개나리처럼 활짝 아 침을 맞아도 되겠다 싶다

이런 마음으로 공장 문을 들어서면 차가운 쇳덩이들도 반 짝반짝 빛나고, 쿵쾅거리는 기계소리에 숨 막혔던 화단 모퉁이 향나무도 손 흔들어 덩달아 나도 발길 가볍다

눅눅한 작업복에 가만가만 내려앉는 아침 햇살 받아, 다들 새롭게 꿈꾸는 이런 날 한 번쯤은 마음 놓아 하하 웃어도 되겠 다 싶다

객토동인과 노동시의 성취

현실주의 전형화의 근본 특질은 예술적 형상의 묘사이며,
묘사의 리얼리즘이 전형화의 최상 조건이다.
― 까깐

성 기 각(시인)

1

1980년대를 정점으로 꽃피웠던 한국 시단에서의 민중시는
1990년대에 이르러 이른바 군부정권이 물러난 것과 보조를 같
이하여 그 맥이 풀리게 되었다. 마치 적이 없는 전쟁이 있을 수
없다는 듯, 민중시의 최전방에서 사선을 넘나들던 시인들은 제
각기 자신만의 서정을 위한 길로 보따리를 들고 귀향하였다.
그리하여 민중문학은 마치 한때의 투사들이 전개하던 게릴라전
투 쯤으로 뭇사람들의 머리에 남아있는 형국이다.

　　이렇듯 노동자, 농민의 현실문제는 시적 대상과는 멀어진 듯한, 아니 이제는 유통기한이 끝나버린 듯한 투쟁적 현실주의 시를 찾아보기 힘들게 되었다는 것은 실로 불행하다. 그러나 우리는 '객토' 동인들을 보면서 아직도 리얼리즘을 쟁취하기 위해서 몸부림치는 전사들이 건재하다는 사실에 실로 가슴이 두근거린다.

　　'객토'는 경남 마산창원지역에 터를 잡고 있는 노동자 시인들의 모임이다. 1990년에 모여 동인을 결성한 이후 1990년부터 97년까지 작은 시집 10권을 발간했고, 지난 2004년 네 번째 동인지를 간행하는 등 노동시의 최전방에서 그들은 활발한 몸놀림을 보여주고 있다. 우리가 지금까지 읽어온 그들의 시는 현실주의[1]를 견지하며, 민족문학이라는 색깔을 유지하기 위해 몰음을 쓴 흔적이 역력하다. 이번에 간행하는 다섯 번째 동인지 〈칼〉에서는 해인사 '팔만대장경'을 주제로 민족문제를 집요하게 다루고 있다. 이규석의 〈팔만대장경〉만 보더라도 우리는 그 전모를 대강을 읽을 수 있다.

　　중국의 황사바람 앞에
　　고구려의 역사를 어찌하랴
　　일본의 칼바람에
　　또 외로운 독도는 어찌하랴

---

1. 여기서 사용하는 '현실주의'는 해방공간에 있어서는 주로 '인민성'을 견지하며, 산업사회의 경우에는 '운동성'에 바탕을 둔 개념이다. 이는 당대의 지배적 세력에 대한 영합이나 순응을 의미하는 '현실추수주의'와는 분명히 다르다.

화창하기도 한 봄날
해인사 일주문을 들어서는데
어디서
쿨럭쿨럭 기침소리가 들린다

기침소리를 따라 봉황문
해탈문 구광루 대적광전을 지나
장경각 앞에 서니

아 그랬구나
평화를 바랬던 간절함들이
간절함들이
그 간절함들이
먼지 쌓인 창고에 갇혀
피를 토하는 소리였구나

―이규석의 〈팔만대장경〉 전문

2

객토동인들의 시는 내용과 형식에 관한 문제로 볼 때, 192
0~30년대의 KAPF가 그러했듯이 프롤레타리아계급의 정형화
(定型化)와 깊은 관련을 맺고 있는 듯하다. 카프가 혁명과업의
일환으로 문예대중화론의 추구에 의한 현실주의 시를 추구했던
것은 주지의 사실이다.
　카프의 맹원들이 그러했듯이 객토동인이 추구하는 현실 형

상화 방법은 이상화(理想化)에 바탕을 둔다. 노동자의 삶이 근본적으로 그러하듯 그들이 추구하는 이상은 계급모순이 사라진 세상이다. 우리가 여기에서 이 문제를 거론하는 이유는 간단하다. 객토동인들의 시에서 공통되는 문제는 리얼리즘의 성취이다. 그들이 이를 위해 시에서 들이대는 것은 최소한 현실의 모순에 분노하는 일이다. 그 분노의 방법은 조금씩 다르다 하더라도, 동인들의 현실인식은 모두 한결같다는 점에서 그렇다. 그들이 꿈꾸는 이상은 무엇인가? 그것은 어쩌면 매판자본에서 벗어난 계급해방일는지도 모른다.

이상화(理想化)가 서정시의 주요한 형상화 방법으로 설정된 것은 시어가 작가의 스스로 의도한 표현을 위한 '일원론적인 언어의식'2으로 특징 지워져 있음에서 비롯된다. 즉 서사문학에서 현실에 대한 작가의 인식이 객관적 실재에 대한 인식의 뒷면에 가려져 있는 것과는 달리 서정시는 현실을 반영하고 가치평가하는 작가의 자기인식이 직접적으로 작품의 형상에 드러난다. 이렇듯 객관적 세계에 대한 묘사가 없이 이념이나 작가의 사상, 감정만 드러내는 유형의 서정시들은 시인의 체험과 정서, 사상의 직접적 표현에 관심을 집중시킨다. 오프스야니코프는 이상화(理想化)를 '형상의 이념적 정서 지향성'으로 설명하고 '예술적 형상의 계기들을 특징 지우기 위해서는 예술적 표현 Ausdruck과 묘사Darstellung의 가능성을 탐구하는 것이 중요하다'고 하였다. 그리고 표현을 '형상의 이념적 정서의 지향성'

---

2. 미하일 바흐찐, 전승희 외 역, 『장편소설과 민중언어』, 창작과 비평사, 1988, 95쪽.

으로, 묘사를 '현실의 현상들과의 일치를 통하여 예술가의 주관적 상태와 주관적 평가의 실재로 전화(轉化)시키는 형상의 필수적 감감 존재'[3]로 보았다. 까깐은 이상화(理想化)를 일컬어 사회주의 리얼리즘에서 흔히 사용되는 예술적 일반화의 원리로써 주로 스탈린주의가 예술의 형상화 방법에 영향을 미친 결과로 보고, 작가나 시인의 주관적인 이상을 작품 속에 투사시킴으로써 리얼리즘과는 거리가 먼 것[4]으로 보았다. 그렇다면 문영규의 시 한 편을 읽어보자.

깡마른 그 사내
추우나 더우나 아침이면
안전화 졸라매고 출근하던,
공장밥 한 이십년 먹었으니
그래서 요즘은 불안하다고
명예퇴직 영순위 아니냐며
뭉툭한 검지로
쓸쓸히 소주잔을 기울이던
유성정밀 정목이 형

살다 보면
이런 일 저런 일 다 겪는 것
부디 용기를 잃지 말자는

3. 옵스야니스코프, 이승숙·진중권 옮김, 『마르크스 레닌주의 미학원론』, 이론과 실천, 1990, 128~129쪽.
4. 까깐, 편집부 역, 『미학강의.2』, 벼리, 1992, 377~387쪽.

가벼운 말 따위가 어찌 위로가 되랴

지금 어쩌면
저 빗속을 뚫고 걸어가리라
정목이 형

—문영규의 〈장마〉 일부분

'유성정밀 정목이 형'이 꿈꾸는 세상은 과연 무엇인가를 우리는 굳이 물을 필요가 없다. 문영규가 이 시에서 형상화한 인물 '정목이 형'은 '저 빗속을 뚫고 걸어'가는 인물이다. 문영규 뿐만 아니라 이상화(理想化)를 형상화 방법의 주도적인 계기로 사용한 객토동인 대부분의 서정시에서 현실주의를 논할 때 중요한 것은 당대 현실과 시인과의 관계가 서정적 주인공 혹은 시적 자아를 통해 어떻게 드러나고 있는가의 문제이다. 다시 말해서 시인의 사상과 감정이 시적 자아의 정서 속에 당대의 보편적 정서가 얼마나 진실하게 드러나는가의 문제라 할 수 있다. 이 경우 시인의 시적 체험은 전형적 체험이 요구된다. 이것은 현실에서의 전형과 그러한 전형적인 것에 대한 체험, 그리고 예술의 일반화 과정의 중요한 계기로서의 전형화와 현실주의 작품에서의 전형적 행위, 감정, 성격을 구별해야 한다. 즉 시인이 현실 속에 잠재되어 있는 다양한 전형적 현상들을 감지해 내고 그를 통해 복합적이고 총체적인 현실을 정확하게 반영해 내는 것은 현실주의 예술의 고유한 본질이다. 이 체험의 정서들은 삶의 현상이나 현실 속에서 생겨나는 이념들을 표현할 수 있다.

따라서 문영규의 시가 보여주는 시적 체험과 전형적 체험은 현
실주의 시가 지향하는 보편적 정서라 할 수 있다. 배재운과 정
은호의 다음 시에서도 이러한 형상은 쉽게 확인된다.

3개월짜리 일용공으로 취직한 재수
운 좋게 정식사원으로 발령이 났다
여러 사람 모여 축하한다며 던지는 한마디
사람은 줄을 잘 서야 한다고
같은 일용공이지만 원청으로 들어왔으니 다행이지
하청으로 들러왔으면 어림도 없다고
포장반에 일하는 억수형
십 년이 넘어 반장이 되었지만
지금도 원청 신참한테 작업지시 받아야 한다고
하청은 원청 뒤치다꺼리 하다 골병만 드는데
참 잘 되었다 한다
한솥밥 먹고
같은 일하고
같은 문으로 출퇴근 하면서도
원청과 하청으로
정식과 일용공으로 가려지고
일의 무게와 대우가 반비례하는
답답한 현실이
가슴 쓰린 덕담을 하고 있다

—배재운의 〈덕담〉 전문

너거들도 토요일 노느냐고
한 주에 일요일 하루 놀면 되지

뭐 이틀씩이나 노느냐고
아버지 말씀
그럴 수도 있겠다

평생 일하지 않고
손톱만한 대가 바란 적 있었던가
놀면 안 되는 줄 아는데
이틀씩 놀고 뭘 먹고 살겠냐
이게 안 되는 짓이라고

아버지
저도 일하지 않고 무슨 대가를
바래 본 적 없었습니다
다만 법이 바뀐 거지요
토요일 놀아도 먹고살 수 있는 이들만
노는 거지요

공장마다
토요일 쉬는 건 허울뿐
다들 특근을 합니다

—정은호의 〈아버지 말씀〉 전문

　전형화(典型化) 또한 객토동인들의 창작방법과 깊은 관련을 맺고 있다. 전형화(典型化)란 객관적 진리를 지향하는 일반화 방식이다. 즉 개인적인 것에서 사회적인 것, 특수한 것에서 보편적인 것, 우연적인 것에서 필연적인 것, 부분에서 전체, 구체적인 현상들에서 본질적인 것을 감지하고 끌어내어 예술적으로

설득력 있게 표현해 내는 예술의 일반화 방식이며 객토동인들
또한 이 범주에서 논의될 수 있다.

　현실주의 전형화의 근본 특질은 예술적 형상의 묘사이다. 이
러한 묘사의 리얼리즘이 전형화의 최상 조건이다.5 이러한 이
유가 전형화(典型化)를 가능하게 한다. 즉 전형화된 시에 있어
서 인물 형상은 서사문학의 그것과는 달리 자립적, 개별적 인
간으로 묘사되지만 그 내부에 당대 현실 속에 존재하는 집단의
사람들과 그들의 일상적인 삶의 흔적을 담고 있는 것으로 형상
화된다. 따라서 전형화를 사용한 서정시의 현실주의 성취를 논
할 때 문제의 중심에 떠오르는 것은 인물의 형상이나 상황, 구
체적인 사건 등이 당대의 보편정서를 드러내기에 적합한가, 즉
묘사된 형상화 대상의 전형성이다. 이것은 일종의 '독특한 유형
의 종합'6이다. 루카치는 그것을 인물과 상황을 연결하고, 개별
자와 보편자를 유기적으로 통일한다고 보았다. 즉 "어떤 것을
전형으로 만드는 것은 그것의 평균적인 성질도 아니며, 비록
그것이 아무리 의미심장하더라도 개별적인 성질도 아니다. 어
떤 것이 하나의 전형으로 되는 것은 오직 한 역사적 시기의 인
간적 사회적으로 본질적인 '계기'들이 그 속에 함께 어우러질
때만 가능하다. 따라서 이 계기들은 전형의 창조를 통해서 그
들의 최고도의 발전 단계에서 드러나게 된다"고 주장한다. 다
시 말해서 이것은 작가가 포착한 현실의 한 단면을 다양하고

---

5. 까깐, 위의 책, 380∼387쪽.
6. G.H.R.파킨스 편, 김대웅 역, 『루카치의 미학사상』, 문예출판사, 1986, 191∼
　　192쪽.

풍부한 현상들과의 관계 속에서 일반화시키고 농축시켜 본질적
이고 전형적인 측면을 드러내는 것이 필수적으로 요구된다. 요
컨대 작품 속에서 당대의 사회현상과 인간 본질의 연관을 집중
적으로 체험할 수 있는 '현상영역－본질적인 현상의 영역'[7]으로
써 인물은 묘사체계[8]에 의해 형성되어야 한다. 묘사체계는 그
핵nucleus의 형태 의미소에 따라, 핵심어 주위에 서로 결합된
단어들의 망상조직이다. 그 체계의 각 구성요소는 핵의 환유로
기능한다. 이들 관계들은 대단히 강력해서 그러한 환유는 어느
것이나 조화ensemble를 위한 은유로 수용될 수 있다. 이 문제
를 이규석의 다음 시에서 확인해 보자.

오늘도 밥값 못하고
퇴근을 한다

온갖 푸대접받으며 익혀온 기술
은근히 자랑했던 일들이
동네 사람들 보기도 어찌나 민망한 지

원하는 단가에
납기 한번 어긴 적 없고
질 좋은 제품 만드는
그런 공장을 고집하며
몇 년 째 뿌리내려 가는데

---

7. 욘, 임홍배 역, 『마르크스 레닌주의 미학입문』, 사계절, 1989, 33쪽.
8. 미카엘 리파떼르, 유재천 역 『시의 기호학』, 민음사, 1989, 68쪽.

자꾸 사람들은
명절날 떡값도 보내고
한번씩 융숭한 술대접도 하라고
그래야 된다고 하지만

—이규석의 〈고집〉

　이 시에서 묘사체계들은 그들 유포소들의 교체에 의해 약호들로 변형된다. 즉 전환이 구나 문장보다 훨씬 더 긴 시퀀스(순서 또는 연속)에 영향을 미치고 전체 텍스트로부터 하나의 기호를 만들 수 있는 방법은 바로 '기술과 공장'에 대응하는 '떡값과 술대접'으로 나타난다. 노동자인 서정적 자아에 대한 묘사체계는 핵심어 주위에 세워진 환유망이기 때문에 그 구성 요소들은 전체에 걸쳐 핵심어와 똑같은 유포소들을 갖는다. 핵심 유포소들의 교체는 즉각적으로 전체체계의 방향을 긍정에서 부정으로 혹은 부정에서 긍정으로 바꾸면서 모든 구성성분의 어휘소의 내포들을 반대로 바꾼다. 이 때 시에 나타난 인물형상은 개별적인 인간으로 묘사되더라도 그 내부에 노동 현실 속에 존재하는 집단적인 노동자와 그들의 일상적인 삶의 흔적을 담고 있는 것으로 형상화된다. 따라서 이규석의 시가 지닌 형상화의 특징은 전형화의 실현양상에서 드러나는 시적 표현의 응집성과 형식적 장치라 할 수 있다. 이런 관점에서 볼 때, 표성배의 다음 시는 오래 기억해둘만 하다.

그 많던 잎 몇 남지 않았다
공장 화단 귀 모과나무 한 그루
그림자를 짐처럼 지고 서 있는 것이
보기에도 안타깝다
지나는 바람이 말을 걸면
그 말 다 받아 주느라 정신이 없어 보인다
저리도 바쁘게 하루하루를 살다 보면
눈이라도 내려야 겨울이 온 줄 알겠다
햇살을 기다리면 햇살이 비켜 갔고
별빛을 기다리면 별빛은 멀리 돌아갔다는 것을
네 마음 더듬지 않아도 알 것 같다
나도 지난가을 아쉬움 같은 것이 남아
마음 다잡지 못하여 안타까웠는데
바람 앞에 몸 맡기고 선 너를 보고서야 알겠다
무슨 말이라도 하고 싶었다는 것을
바다 건너 어딘가에서 불어 온 바람이
네 몸을 흔들자 너는 몸살을 앓고
나도 덩달아 온 몸이 흔들린다
옆 공장에 불이 꺼졌던 날처럼
을씨년스런 겨울 문턱
돌아가다 멈추었다 하는 기계 앞에서
나도 아직은 할 말이 많다

—표성배의 〈겨울이 오기 전에〉 전문

이러한 창작 경향은 볼셰비키 대중화가 프로문학의 중심적
인 과제로 등장하면서 안막에 의해 제기된 프로예술의 형식문
제, 즉 '계급적 입장에서 형상을 빌려 묘출하는 예술적 태도'[9]라

는 프롤레타리아 리얼리즘론과 통한다. 이것은 현실주의를 틀어쥐기 위한 것임은 물론이다.

3

　1920년대 이후 진보적인 문예운동을 하던 카프 중심의 문인들은 프로 문학의 '내용과 형식 논쟁'[10]과 아울러 '예술운동의

---

9. 안막은 「프로예술의 형식문제」 (『조선지광』 제91호, 1930. 6)에서 프로계급의 승리와 프롤레타리아 리얼리즘을 제창했다. 그것은 일반적인 리얼리즘이 현실을 현실대로 묘출하려는 객관주의적 예술태도에 비해 변혁을 통해 이루어진 프롤레타리아 리얼리즘은 유물적, 객관적, 현실주의적 태도를 통해 모든 현상을 사회적 계급적 관념에서 묘출해야 한다는 것이다. 또한 그는 이데올로기의 방면뿐만 아니라 심리적인 방면도 중요시하여 이것을 실천하는 예술가는 마르크시즘에 관철된 프롤레타리아 전위의 눈을 가진 혁명적 예술가가 되어야 함을 강조하면서 '프롤레타리아트'의 종국의 승리라는 사회적 관점에서 묘출을 강조하고 있다.

　그러나 이 주장은 그의 볼셰비키화론의 한 핵심을 이루는 것은 분명하지만 당의 문학, 철저한 프롤레타리아 계급 출신에 의해 이룩되는 문학을 주장하면서 동시에 프로문학의 대중화를 주장하고 있어 그의 논리가 현실성을 띤다고 보기는 어렵다. 여기에 대한 자세한 논의는 김영민의 『한국문학비평논쟁사』 (한길사, 1992, 368~387쪽)를 참고하기 바람.

10. 프로 문학의 확산을 위해 일관된 입장을 보이며 함께 활동했던 김기진과 박영희가 , 프로예술의 정의와 역할에 관한 서로간의 입장 차이를 드러내며 최초로 논쟁을 벌이게 되는 것이 바로 이 '내용과 형식 논쟁'이다. 여기서 박영희는 세계관의 명확성만으로도 당시의 문학과 관련한 모든 문제가 해결될 수 있다고 보았다. 김기진도 물론 세계관의 문제가 중요하다는 것은 인정했지만, 그는 세계관의 명확성만으로 문학창작에 관한 모든 문제가 해결된다고는 보지 않았다. 그는 세계관의 문제와 문학창작의 기술 및 문학의 본질에 관한 논의는 각각 독자적 중요성을 갖고 다루어져야 할 성질의 논제들이라고 생각했다. 따라서 이 논쟁은 카프의 방향전환의 구체적 계기가 되었고, 아나키스트와의 논쟁이 발생한 빌미를 마련하기도 했다. 아울러 이 논쟁은 1920년대 말 대중화론의 전개 및 양주동 등 절충파와의 논쟁과도 맥락이 이어진다. 이 논쟁의 구체적인 내용은 김영민(앞의 책, 39~84

볼세비키화와 문학대중화 논쟁'[11] 등을 거치면서 문학작품은
민족과 민중의 진실한 삶이 지닌 모습을 어떻게 담아낼 것인가
에 관심을 기울이게 되었다. 문예대중화와 관련하여 민중들에
게 접근하려는 이러한 문학 일반의 시도는 소설에서의 '벽소설'
이나 '집단 창작'을 들 수 있으며, 특히 시에 있어서는 민중들에
의해 불리는 민중적인 가요의 창작, 임화를 위시한 서술시의
창작, 슈프레히 콜, 즉 송극 송시라고 불리는 새로운 장르의 실
험[12]이 나타났다.

민중시의 시대가 갔다고는 하지만, 객토동인들의 작업이 소
중한 것은 여전히 노동자의 현실은 모순으로 점철된 사회구조

쪽)을 참고할 것.

11. 1930년대 초반에 접어들면서부터 카프의 조직개편론과 함께 볼세비키화론이 대
두되었다. 이 시기에 안막은 예술운동의 볼세비키화를 본격적으로 제창하면서 카
프의 제 2차 방향전환을 주장했다. 안막은 예술운동의 볼세비키화 내용을 당의 문
학과 연관지어 설명했으며, 그 구체적인 창작방법론으로 프롤레타리아리즘을 제
안했다. 또한 그는 볼세비키 대중화론의 이데올로기와 대중화론의 대상에 대해 명
확히 규정했다. 김기진이 제시한 대중추수적인 경향의 문학 대중화론에 대한 임화
의 비판 요지는, 김기진이 마르크스주의적 투쟁 원칙을 벗어나 현실추수적인 합법
투쟁을 제안했다는 점에 있다. 이러한 김기진의 태도가 전선을 회피하는 도피적
태도라는 것이 임화의 지적이다. 이에 대한 김기진의 재반론은 임화가 현실을 무
시한 관념적 원칙론자라는 것이다. 이 예술대중화론에 관한 논의는 그것이 현실추
수적 대중화론이건 혹은 볼세비키적 대중화론이건 간에 결국 창작방법론으로 이
어질 수밖에 없는 논의이다. 김기진의 대중화에 관한 논의가 변증적 사실주의에
관한 논의로 이어지며, 안막과 권환 그리고 유백로 등의 논의가 계속 프롤레타리
아 사실주의에 대한 관심을 표명한다는 점은 이를 반영한다. 그리하여 이 시기의
예술대중화 논쟁은 1930년대의 본격적인 창작방법론과 사실주의 논쟁의 출구를
여는 역할을 한다. 여기에 대한 자세한 사실은 김영민(위의 책, 175~224쪽)을 참
고할 것.

12. 여기에 대해서는 윤여탁의 「1920~30년대 리얼리즘시의 현실인식과 형상화 방
법에 대한 연구」(서울대 대학원 박사논문, 1990, 8. 124~133쪽)를 참고할 것.

와 맞닿아 있다는 점에서 그러하다. 이제 그들에게 우리가 요구하는 것은 1920년대의 진보적 문인들이 그러했듯 '내용과 형식'에 관한 치열한 논의이다. 다시 말하자면, 대중적인 양식을 적극적으로 시문학에 도입하여 현실주의문학의 새로운 위상을 찾으려는 노력이야말로 객토동인들에게 지워진 무거운 짐으로 보인다.

구체적인 이상에의 노래는 비극적인 현실을 인식한 것에서 비롯된 낙관주의적 태도가 시인의 확고한 신념을 바탕으로 했을 때, 이는 비관주의가 아니라 낙관주의로 상승할 수 있는 가능성을 부여받는다. 따라서 이 때의 비극은 비극 그 자체에 머무르지 않고 노동자의 투쟁의지와 행동의욕을 고취시켜, 희생적인 투쟁을 유발하는 '낙관주의적 비극'[13]이 된다. 이것은 시인이 이상에 대한 전망과 현재상황이 서로 대응된 형태로 갈등을 일으키고 있음을 의미한다. 엥겔스의 이론을 원용하지 않더라도 현실주의 시에 있어서 비극적 현실인식은 미래에 대한 낙관주의적 전망으로 형상화된다. 즉 이 경우의 비극은 오히려 인간의 투쟁의지와 행동의식을 고취시켜, 이상 실현을 방해하는 모든 것에 대해 용감하고 희생적인 투쟁을 이끄는 낙관주의적 비극이 된다는 것은 객토동인들도 귀담아 들어두어야 할 것이다.

객토동인들에게 거는 우리의 기대는 남다르다. 그들의 뜨거운 가슴에 찬사를 보낸다. 또한 산업재해로 현재 투병 중인 이

---

13. 까깐, 진중권 역, 『미학강의 1』, 벼리, 1989, 298쪽.

상호 시인의 쾌유를 빈다. 그가 노동자계급으로서 전형적 체험
을 형상화한 시 한 편을 인용하는 것으로 이 글을 맺는다.

치료 받을 때 그때 잠시 뿐
뒤척이다 끝내 침대에서 내려왔다
새벽 세 시가 갓 넘어 서고 있다
병원 복도를 왔다갔다 거니는데
고요를 깨우는 내 발자국 소리를 잊고 거닌다
하루 이틀 걷는 일이 아니니 내 귓속으로만
익숙한 소리일 것이다
지난 날 생각하니
열여섯 까까머리에 시작한 밤 생활이다
밥 먹듯이 했던 전자회사 철야작업
열 두 시간 맞교대 신발공장
기본인 듯 한 중공업 야간작업
스물 네 시간 정비공장 긴급출동

오늘 밤도
익숙한 밤이라 생각하니
복도를 밝히는 형광등 불빛이
다정하다

—이상호의 〈익숙한 밤〉 전문